Halte au virus !

Texte
Emmanuelle Massonaud

Illustrations
Thérèse Bonté

Avec Sami et Julie, lire est un plaisir !

Avant de lire l'histoire
- Parlez ensemble du titre et de l'illustration en couverture, afin de préparer la compréhension globale de l'histoire.
- Vous pouvez, dans un premier temps, lire l'histoire en entier à votre enfant, pour qu'ensuite il la lise seul.
- Si besoin, proposez les activités de préparation à la lecture aux pages 4 et 5. Elles permettront de déchiffrer les mots les plus difficiles.

Après avoir lu l'histoire
- Vous pouvez parler ensemble du contexte actuel, en vous appuyant sur les questions des pages 30-31 : « Connais-tu bien les gestes barrières ? »

Bonne lecture !

Couverture : Mélissa Chalot
Réalisation de la couverture : Sylvie Fécamp
Maquette intérieure : Mélissa Chalot
Mise en pages : Typo-Virgule
Édition : Laurence Lesbre

ISBN : 978-2-01-714746-6
© Hachette Livre 2020.

https://www.parascolaire.hachette-education.com

Tous droits de traduction, de reproduction et d'adaptation réservés pour tous pays.

Les personnages de l'histoire

1 Montre le dessin quand tu entends le son (v) comme dans le mot <u>v</u>irus.

2 Montre le dessin quand tu entends le son (f) comme dans le mot <u>f</u>orêt.

3 Lis ces syllabes.

④ Lis ces mots-outils.

⑤ Lis les mots de l'histoire.

virus savon masque

éternuer poubelle gel
hydroalcoolique

Il est passé par ici,
il repassera par là,
mais personne ne le voit...
Depuis que ce casse-pieds
de virus se balade, la vie
est drôlement chamboulée :
on doit se protéger
et protéger les autres.

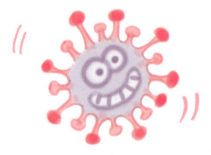

Mais ce qui est le plus embêtant, c'est de rester longtemps sans voir Papi et Mamie. Évidemment, on s'appelle, on envoie des dessins et des centaines de bisous, mais les bisous de loin, ce n'est pas comme les bisous pour de vrai.

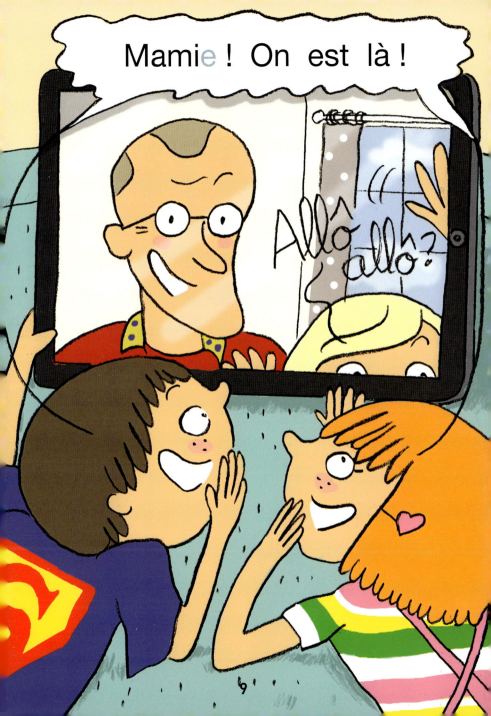

– J'ai une grande nouvelle, annonce Maman. Dimanche, nous allons chez Papi et Mamie !

Sami et Julie sont fous de joie.

– Il faudra rester prudents, avertit Papa. Pas de câlins, pas de bisous !

De bon matin, les voilà prêts à partir, tous masqués. Sami veut à tout prix que Tobi porte un masque lui aussi !

– Sami ! dit Papa. Enlève-lui ce masque : tu vois bien que ça le gêne !

– Les voilà, les voilà enfin !
s'écrient Papi et Mamie
en les apercevant.
– Respectons les distances !
rappelle Papa.
Jamais on ne vit plus
superbe ola.

Après avoir ôté leurs souliers dans l'entrée, Sami et Julie se précipitent vers le lavabo pour se laver les mains.

– Ça mousse ! Ça mousse !
se réjouit Sami.
– Frottez, frottez ! dit Papa.
Tous les doigts !
Dessus, dessous !

1. Mouille tes mains.

2. Savonne-les.

3. Frotte, frotte : tous les doigts. Dessus, dessous !

4. Rince tes mains et sèche-les bien.

– Déjeunons au grand air, annonce Mamie.

– Vous remarquerez, précise Papi, que 1 mètre 50 précisément sépare chacune de nos assiettes.

– À table ! reprend Mamie. Tombons enfin les masques !

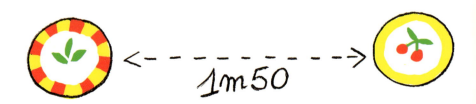

Mais voilà que Maman se met à éternuer, éternuer…
– Que personne ne s'inquiète, rassure-t-elle en se mouchant, ce n'est que mon allergie aux pollens.
Et elle file dans la cuisine pour jeter son mouchoir.

Quand Maman réapparaît,
Papi l'avertit :
– Pas de gel, pas de rôti !
Et Maman s'empresse
de se passer les mains
au gel hydroalcoolique.

Après le déjeuner, Mamie annonce :
– J'ai une idée ! Je vais vous fabriquer des masques rigolos.

– Regardez, mes chéris, comme la vie est belle, malgré ce virus ! s'exclame Mamie.

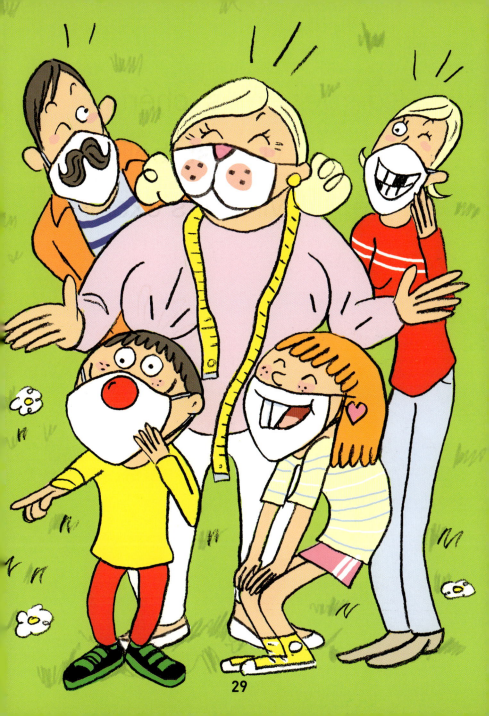

Connais-tu bien les gestes barrières ?

Pour éviter que les virus et les microbes ne circulent, pense à ces quelques gestes :

1 N'échange pas ton matériel avec tes camarades de classe.

2 Garde les distances avec tes copains et tes copines dans la cour de récré.

3 En arrivant à la maison, enlève tes chaussures et lave-toi les mains.

Dans la même collection

Niveau 1
Début de CP

Niveau 2
Milieu de CP

Niveau 3
Fin de CP

Niveau CE1

Niveau CE2
NOUVEAU !

hachette ÉDUCATION